나팔꽃이 입을 다무는 때

지혜사랑 250

나팔꽃이 입을 다무는 때

전영숙

지혜

시인의 말

가까이 간다는 것이 오히려 멀어졌다
시를 쓰고 잊어버린 대상들에게 미안하다
공기와 물처럼 의식되지 않지만
늘 있어 소중한 것을 쓰고 싶었다
별은 캄캄한 어둠속에서
오래 반짝였음을 이제 알겠다
물가에 내 놓은 이 시편들이 당신께 닿아
넓은 바다에 이를 수 있기를
첫 설렘으로 다음을 꿈꾼다

2022년 여름
전영숙

차례

1부
붉게 타올라도 뜨겁지 않은

2부
당신의 분홍

3부
봄볕에 탄 말

4부
꽃그늘 아래 잠든 당신

• 일러두기
페이지의 첫줄이 연과 연 사이의 띄어쓰기 줄에 해당할 경우 > 로
표시합니다.

1부
붉게 타올라도 뜨겁지 않은

보랏빛 근심

새끼 제비가 바닥에 떨어졌다

제비꽃들이 일제히 뒤꿈치를 들고

하늘을 향해 두리번거렸다

날아가는 새떼에게 신호라도 보내는 듯

가는 몸이 끊임없이 흔들렸다

태어난 몸이 다르지만

저 둘은 이름을 나눠 가진 사이

보랏빛 근심이 온 마당 가득 번졌다

가늘고 연한

꽃을 만졌다
송이째 툭 떨어진다
얼른 주워
꽃 대궁에 대 본다
돌이킬 수 없는 것을
대 보는 마음
아름다움의 모가지는
이토록 여릴까
함부로 손 댈 수 없는
가늘고 연한 대궁이
나비처럼 움직이게 한다
낮고 작게 조심스럽게
생의 맥을 짚게 한다

붉게 타올라도 뜨겁지 않은

자고 일어나면 머리맡에
어지럽게 머리카락이 빠져 있다
설거지 하고 난 뒤 보면
손톱이 부러져 있다

잘라도 아프지 않은 것이
아프게 한다

붙잡을 수 없는 이 아침처럼
내 몸에 붙잡을 수 없는 것이
점점 생겨나고 있다
나도 모르게 빠져 나온 것을
발견하는 날이 많다

가을 볕 아래 서 있는 나무를 본다
붉게 타올라도 뜨겁지 않은
단풍잎이 맹렬하게 향하는 곳은 어디인가

소리 없이 헐거워지는 공중이다
조금씩 사라지는 내 것 아닌 내 것들
오늘도 이만큼 떠나간다

쌀 한 스푼의 무게

빈 가지에 참새떼가 우르르 날아듭니다

여전히 빈 가지입니다 참새떼를 어디다

숨겼는지 나무는 흔들리지 않고 고요합니다

들여 놓은 공중의 틈을 조심스레 벌리면

거기, 세상을 들어 올리는 작은 새

쌀 한 스푼의 무게가 나뭇잎 진자리를 누르고

있습니다 지혈을 하듯 꼭 누르고 있습니다

위잉 울던 바람도 내 안의 상처도 잠잠해집니다

동백꽃 피려 할 때

찌르르 젖이 돈다
둥글게 문질러
아기의 입에 젖을 물린다
동백나무가 공중의 입에
꽃몽우리를 물리 듯

어찌나 세게 빠는지
아기의 이마와 코에
송골송골 땀이 맺힌다
꽃몽우리 끝도 피가 몰린 듯 발갛다

쓰리고 화끈거리겠지
속엣 것을 빨아 낼 때
부르르 떨리던 고통
흔들리는 동백나무가
바람 때문만은 아닌 것이다

쏟아져 나오는 젖물처럼
터져 나올 꽃잎들
또 공중의 입속은 얼마나 달콤할까
햇빛과 바람에
통통 분 꽃몽우리가 벌어진다

\>

벌과 나비
공중에 속한 것 모두
잠든 아기 배만큼 부르겠다
찌르르 젖이 돈다
동백이 피려 한다

취한 낙타의 시간*

일몰의 사막
낙타가 줄지어 간다
무엇에든 취하지 않고는 건널 수 없는 사막
앞서가는 주인도 뒤따르는 발자국도
모래 한 알까지도
몇 양동이 노을을 들이켜 얼큰하다

해지면 온 동네를 휘저으며
돌아오던 당신
모래가 가득한 입을
퉤퉤거렸지
허리를 꺾어 고단한
사막을 뱉어냈지

적막하다
저무는 풍경의 눈부심이
등짐을 지고 걷는 짐승의 긴 실루엣이
아득한 모래의 길
그 길 다 걸어간 당신은
다시 돌아오지 않는데

몰락의 순간에도 아름다움을 건네는

아편 같은 생
취한 힘으로 걸어가게 한다
벼랑위에 꽃처럼 피게 한다

* 바흐만 고바디 감독의 영화 「취한 말들을 위한 시간」 제목 변용

백합과 백합 사이

작년에 피었던
흰 백합이
올해도 피었다

빛깔도 모양도 향기도
똑 같은데
작년보다 한 뼘 정도
떨어진 곳에 피었다

그 한 뼘 정도의 거리가
별과 별 사이
몇 억 광년의 거리일까

백합이 보여주는
다음 생처럼
이 별을 떠난 당신도
저 별 어디쯤에
피어 있겠구나

새삼 몇 송이 믿음과
활짝 핀 확신을 안고
둘러보면

\>

어머니 밥상에 모여 앉듯
어느 것 하나 빠짐없이
우주의 숨결 속에
모여 앉은 여름 화단이었다

밀양 密陽

큰 비 지난 뒤
햇볕이 뜨겁게 내렸다
젖은 세상을 순식간에 말리는
볕을 엄마는 새 볕이라 불렀다

오래 운 눈 속처럼
바늘로 꿰맨 살갗처럼
따갑게 찌르는 볕

아픔은 아픔이 낫게 했으므로
엄마는 습기 찬 가슴을 열어
후후 말렸다

잘 마르면 염증도
더러움도 아픔도
가벼워져 사각거렸다

신지 않은 흰 운동화 같고
방금 도착한 신생 같고
맨 처음 나인 때 같던 볕

무진장 빽빽하면서도

텅 비어 환한 볕이
세상에 빈틈없이 쏟아졌다

쓰레기 더미에도
진창에도 오물에도
닿지 않는 데가 없었다

꽃모가지를 부러뜨렸다

봄볕 속에 쭈그리고 앉아
부러진 제비 다리를 고치 듯
떨어진 꽃모가지를 붙였다
흠잡을 데 없이 만들어
내 놓은 햇살의
작품에 금이 갔다
금간 힘으로 마저 피어라
투명 테이프를 꼼꼼히 감았다
줄기에 푸른 물이 오르고
꽃이 점점 벌어졌다
망가졌다고 함부로 버린 것
보란 듯이 활짝 피었다
다 망가진 나를 버리지 않고
아직도 박음질 중인 햇빛
빈틈없이 박느라
아까운 봄볕 다 쓰고 있다

빈 나무는 비어있지 않은 채로

겨울 벚나무에 까치가
떼로 앉아 있다
땅으로 내려왔다 올라앉길
반복하는데
생명을 품었던 자리에
생명이 매달리자
나무는 또다시 출렁거린다
빈 채로 서 있지 않은 빈 나무
모여 마을을 이룬 까치떼
시끄럽다
침묵의 겨울이 시끄럽다
수십 마리 새떼를 거뜬히
품고 있는 앙상한 나무
생산의 충동에 사로잡혀
벚꽃들 곧 만개하겠다

초대한 적 없는

달 하나를 삼킨 듯 은밀한 꽃
초대한 적 없는 양귀비가
마당 가득 피어 있다

손 댈 수 없는 저 아름다움은
환각일까
금기는 오히려 매혹적이고
부정 할수록 눈 뗄 수 없는데

뽑아 버릴까
아무도 모르게 꼭꼭 숨길까
늪 같고 뻘 같고 불온 삐라 같은

그림자도 화려한 꽃 속에 묻혀
죄의 칼을 벼린다
달빛도 슬쩍 담장을 넘어간다

아침은 끓어 넘치는데

한 바가지 간장을
쏟은 바닥이다
애간장도 녹으면
저런 빛깔일까
간장이 아니라
울컥
엎지른 가슴 같아
먹먹한 마음

매미가 운다
뜨겁게 운다
주저앉아 매미 소리로
함께 울어 버리고 싶은 아침
맴맴맴맴
마음을 맴이라 했던
백년 전 할머니가 다가와
등을 어루만진다

울음인지 노래인지
간장인지 애간장인지
알 수 없는
바닥을 닦는다
검은 가슴을 닦는다

멍게 피는 트럭

저녁 한 귀퉁이
트럭 위에 멍게가 핀다
꽃봉오리들
세상을 향해
한 방 먹일 주먹처럼 보인다
피가 몰린 붉은 주먹

제 살 단단히 움켜쥐고
비린내를 풍기지만
한 번도 무언가를 쳐 본 적 없어
가슴 탕탕 치며 소주를 마시고 있는
당신처럼
제 속만 멍으로 가득한 주먹

바람이 잽을 날릴 때마다 나뭇잎
살짝 살짝 방향을 틀어 피한다
오늘도 세상을 향해 빗나간 주먹들
트럭 불빛아래 모여 앉아
술병을 따고 있다
목구멍까지 차 오른 체증을 내리고 있다

허공에 물 펀치 날리며 멍게가 칼끝에서

활짝 활짝 벌어진다
바닥엔 벌써 꽃물이 흥건하다
막장 같은 세상을 향해
두 주먹 불끈 쥐고 달려 온 당신도
내내 꽃을 피우고 있는 중이다

노란 감옥

윗 지방에는 서리가 내렸다 합니다
소복이 핀 노란 소국이 모여 있어도 추워 보입니다
꿀벌의 가열한 날갯짓과 날개를 펼쳐 꽃송이를
덮고 있는 나비가 온기를 보태고 있는 듯합니다
햇볕과 바람은 말리는 일로 돌아 선지 오래입니다
점 점 미이라가 되어 떨어지지도 못합니다
피는 것 보다 지는 게 더 오래 걸리는 작은 나라
노란 감옥에 갇혀 긴 시간 웅크리고 있습니다

삼월의 자리

전국 곳곳에 산불이 났다고
뉴스가 특보로 전한다
강풍을 타고 뜨거운
불길이 날아다닌다

뼈만 남은 겨울 모조리 태우며
불이라는 불
죄다 몰고 오는 삼월

모든 계절 모든 역사가 그러했듯
자리바꿈의 자리는 언제나 재 위에 섰지

꽃의 몰락 위에 번지는 초록처럼
상처의 자리에 돋는 새살처럼

불이 지난 검은 자리가
검지만은 않다
매캐한 혁명의 냄새 풍기며
활활 봄이 오고 있다

스프링

흰 노루귀 피었다
귀중에 작은 귀

햇살 속으로
한껏 열어 놓았다
바람 쪽으로
한참 딸려갔다 돌아왔다

귓속이
동굴 만해져
꽃잎을 여는 귀

솜털 간질이는 소리에
스프링처럼 솟아오르는
녀석들

이쯤이면
짐승 중에 짐승

뒷발로 차 올린
공중이
활짝 벌어졌다

긴 끈

제라늄 화분 속에
지렁이 한 마리
뿌리처럼 박혀 있어

나올까 나올까
수없이 들여다보는
불안한 동거
고무줄처럼 죽 늘이면
길어지는 몸

나갈까 나갈까
캄캄한 어둠을
접었다 폈다
기어 간 길 모두
밀어 올려

허공에 불쑥
붉은 꽃 한 다발
묶어 놓았다

물의 뿌리

물에 부레옥잠을 심었다
뿌리가 환하게 보였다
몇 잎의 푸른 그늘도 비쳤다
맑고 투명한 근심이 들고
평평하던 표면에
높이와 깊이가 생겼다
딸려온 개구리밥 물달팽이 함께 자라고
꽃과 잎이 피고 졌다
살림냄새가 났다
내 안에 당신을 들인 때처럼
다른 물이 되었다
둥글고 단단한
공기 주머니를 달고
여러 갈래 뿌리를 내리는 물
이제 함부로 흔들리지 않겠다

2부
당신의 분홍

나팔꽃이 입을 다무는 때

죽은 당신이
전화를 걸어
대뜸 오후 세시라 한다

무언가 다 놓친 느낌
빨래를 널기에도
외출을 하기에도
너무 늦은 시간

나팔꽃도 서서히
입을 다물어
침묵으로 들어가는데

당신처럼 돌이킬 수 없는 게 많아
남은 빛에 기댄 심정이
꽃 시절 다 보낸 나무 같아서

사랑하기에도 이별하기에도
영 늦은
꿈속보다 더 적막한
꿈 밖

>
이 세상에 없는
당신이 근심하는
그림자 긴
그 시간

당신의 분홍

당신이 보내 준 베네치아는
온통 분홍빛이다
내 불안이 잠시 환해진다

노을 진 바다에 떠 있는 집과
흔들리는 불빛들
말로는 할 수 없는
당신의 먼 곳을 본다

당신과 나의
시간은 서로 달라
내가 보낸 저녁은
아직 당신이 보내지 않은 저녁

밤 열시에 지는 태양을
돌려 깎는다
반은 당신에게 주고
반은 내가 먹는다

당신과 나의 거리가
하루 가까워진다

다 익은 것은 붉다

신 침 가득 물고선 석류와
허공에 한 점 까치밥과
새떼가 두고 간 저문 하늘이

붉다
다 익은 것은 붉다
저리 후끈 달아오르는 마지막이 아니라면
생은 아무것도 아니다

사는 건 늘 급체라 오늘도 나는
등 두드려 손가락 끝의 혈을 틔운다
혈이 탁! 트이자 망개나무에 한 방울 피가 솟는다

속 깊어라
오래토록 삭혀온 저 시간의 빛깔

지평선 끝까지
다 익어 붉어지는 동안
저문 하늘의 침묵을 베껴
타오르는 문장을 쓴다

오늘

열무 한 바구니를 받았다
어린 열무였다
장래에 실한 무 한 뿌리씩
키워 낼 초록식물

사라진 장래가 한 바구니였다

이래도 되는가
크고 굵고 미끈할 내일이
싹틔우고 실뿌린 내린 어제가
오늘에 붙잡혀 시든다

그렇다면
오늘을 건너 뛰면 어떤가
수많은 날 중 오늘 하루를
솎아 내면 안 되는가

뽑히는 불안도
버려지는 슬픔도
오늘의 일

별들이 떠 있다

무수히 솎아낸
신의 작물들
하늘 바구니는 넓기도 하다

풋, 풋

나무에 달린 것 보다
떨어진 것이 더 많은

적과摘果

웃는 듯 비웃는 듯
풋, 풋 떨어지는 어린 자두

골라내고 솎아 내고 바닥은 벌써
새파란 풋것으로 수북한데

실한 것을 위해 약한 것을 버리는
일이라지만 왠지 시고 떫은 일

나를 위해 버려진 너를 보는
차마 면목 없는 일

다 떨어질 동안

담장 위 넝쿨장미
한 잎 두 잎 떨어진다
고양이 발바닥처럼
사뿐히 내려앉는 꽃잎들
바닥은 벌써
화사한 꽃상여 같다
겹겹 죽음이 다 떨어질 동안
장미나무는 한 발짝도
움직이지 않는다
햇볕은 꽃잎 떨어진 곳을
멀리 돌아 지나간다
소리 내지 않는 것의
발바닥에는 두터운
침묵의 지문이 새겨져 있어
이맘때면 고요가 몸에 배이도록
뒤꿈치를 들고
생의 언저리를 지나간다

열대야

뜨개질을 한다
코와 코를 이어 정교한 무늬를 만든다
한 코도 빠짐없이 연결해야 한다
하나가 풀리면 모두 풀리는 무늬
하나가 엉키면 모두 엉키는 무늬
실뭉치에 실이 줄어들수록
늘어나는 꽃송이 나비 고양이
넓어지는 밤하늘
실의 끝이 보이지 않는다
어쩌면 세월일까
수많은 코 중에 하나인 나
내 코를 빠뜨려서는 안 된다
이 밤을 완성하고 어서 건너가야 한다
자정이 지나고 있는데
어디 한 코가 빠진 걸까
무지 덥다

다솔사를 찾아서

좀처럼 절은 보이지 않았다
좁은 길은 경을 펼쳐 놓은 듯 서늘하고 고요했다
몸과 마음이 저절로 작아지고 낮아졌다

나무와 바위와 꽃들 명상 중인
먼 길이 한 채의 절이었다
둘러보면 모든 게 불상이었다
개미 한 마리 모래 한 알 반짝 빛나는 거미줄까지

멀리 독경 소리 들렸다
버려진 자동차도 동굴 만하게 귀를 열었는지
뒤꽁무니가 푹 찌그러져 있었다
떨어진 꽃잎도 방향을 바꾸어 몰려갔다

세상 모든 것이 부처의 안이었고
세상 모든 것이 부처의 밖이었다
내 속에서 나를 찾아 헤매듯
절 속에서 절을 찾아 헤매는 길

담배 한 개비 태우는 동안

장맛비 떨어지는 처마 아래 노파 담배를 피운다
느리게 타 들어가는 한 개비 젖은 담배 같은 몸
연기처럼 빠져 나가는 영혼

이롭다 해롭다 권하고 금할 것 없는 노구
쩐 니코틴 같은 생을 한 모금 두 모금 빨아들인다
연신 쿨룩거리며 절룩거리며 재가 된 시간을 털어낸다

발갛게 손끝에서 피는 열기 이제 몸의 끝단에서나 타는 불
낙숫물 한 방울에 피식 꺼지고 말 희미하게 식은 불

진분홍 저녁

다 저녁 분꽃이 핀다
어스름 한 귀퉁이
짙은 분홍을 풀어 놓는다

이 촌스런 고백을
물씬 풍기는 분 냄새를
어쩌나

새들도 집으로 돌아가고
나비도 날개를 접어
어두워지는데

낮달에 빛이 들고
여우의 꼬리 길어져
어둠과 밝음이 뒤섞이는 시간

아직 무엇도 될 수 있는
분홍도 진분홍
저녁이 핀다

비 오는 밤

　수박 한 덩이 들고 깨진 수박 속 같은 집을 향해 가는 밤
우산을 받쳐도 젖는 한쪽 팔을 나일론 줄에 묶인 수박이 아
래로 아래로 잡아당긴다 기울어진 걸음 안으로 빗줄기 들
이치는데 손바닥에 붉은 줄이 패이도록 짓누르는 무거움
들고 절뚝 절뚝 걸어간다 우산 보다 더 젖은 몸이 내동댕이
칠 수 없는 무게에 끌려가고 있다

무쇠 솥

　무쇠 솥 하나를 구입했습니다 진열대엔 편리하고 가벼운
솥들이 즐비했지만 구석으로 밀려나 우직하게 앉아 있는
모습에 웬일인지 나도 모르게 덥석 끌어안고 말았습니다
힘들고 어려웠던 시절 설움을 끓이고 고통을 뜸들이며 밥
은 단순한 밥이 아니라고 일러주었던 솥 쉽게 뜨거워지지
않았지만 쉬 식지도 않아 언 몸과 마음을 오래 녹이며 기다
림과 한결같음의 의미를 일러 주었지요 무쇠 솥에 밥을 안
치니 자작자작 뜸 들이는 소리가 아침을 깨웁니다 뜨겁게
김이 오르는 흰 밥을 수북이 담아 밥상에 올려놓고 솥은 예
나 지금이나 변함없이 검게 입을 다물고 있습니다 제 속의
뜨거움을 미련스럽도록 견디는 무쇠 솥이 끊임없이 흔들리
는 일상의 중심을 꽉 눌러 줍니다

즐거운 거리

새끼 고양이 두 마리
어미는 떨어져 앉아 있다
멀지도 가깝지도 않은
그 거리 안에서

새끼는 즐겁다
뛰고 구르고 부딪히고
슬라브 지붕 공기가
통통 뛴다

보도블록 사이
절로 돋은 풀처럼
나고 자란 목숨

도시 한 구석
콘크리트 바닥에
발자국을 찍는다
울음을 섞는다

폭신한 새양말짝 같은 새끼와
비쩍 마른 어미의
그늘을

백일홍 꽃잎이
화사하게 가리고 있다

겨울 강

고라니 한 마리
언 강 위를 간다

바람이 등을 밀어도
건너편 산이 힘껏 당겨도
아직 강 가운데

날렵하고 긴
네 개의 다리도
소용없는 바닥

깨지고 갈라지는
얼음이
벼랑인 길에

젖은 눈동자를 굴리며
하염없이 떨고 있는 짐승

멀리 별이 글썽거리고
얼음 밑을 흐르는 강물
자책하듯 시퍼렇다

그늘이 햇볕을

들깨 한 자루 부려 놓고
방앗간 그늘에 앉아 기다린다

작은 몸을 압착해 나오는
기름을 보며 짜야 나오는 것에
대해 생각한다

할머니와 어머니 내가 그랬던 것처럼
몸에서 몸으로 흘러 보냈던
흰 젖

가슴을 눌러 짜낸 젖이
들기름 따라 흘러나온다
내리내리 이어지던 달고 끈끈한 유전

들깨 향 번지는 골목에
그늘이 햇볕을 힘껏
누르고 있다

뿌리 깊은 새

마른 수도승처럼
겨울 들판에 서 있는
큰 느티나무

한 번도 떠난 적 없지만
머문 적도 없어
바람 불면 수천 겹 허공을 펼쳐
둥글게 부풀었다

저 넓은 허공의 날개라면
땅 속 어느 뿌린들 들어 올리지 못할까
어느 하늘엔들 풀어 놓지 못할까

캄캄한 밤이면 나무는
긴 다리를 뻗치고 솟아올랐다
별들이 소용돌이치는 길을 따라
쥐라기 공룡처럼 날았다

아침이면
잔가지 하나가 사라진 걸
나무의 방향이 조금 틀어진 걸 아무도 몰랐다
이것은 나무만 아는 일

아무도 알지 못해
나무가 나무로 있을 수 있는 일

가난한 사치

속이 다 비쳐 한없이
풀 죽은 종이
조심스레 펼쳐 풀을 먹인다

흰 물풀 배불리 먹여
햇볕 아래 두면

그 옛날 국화 꽃잎과 이파리가 사방 떠다닌다
맞잡고 붙였던 문종이에 장식했던 꽃
그 순간만큼은 팽팽하게 펴지던 살림이었다

문종이 갈았던 시절
유일하게 누렸던 가난한 사치

그날의 기억을 더듬어
한지에 풀을 먹인다

속이 다 비치는 생활을
물풀 한 그릇의 힘으로
빳빳하게 펴 본다

예감

저수지가 얼어 있다
저수지는 여러 번 얼었다
녹아 우둘두둘하다
오후 들어 내린 눈이 하얗게 저수지를 덮는다
흰 붕대를 감아 놓은 듯 하다
얼음 박힌 발끝이 가렵다
등창처럼 열린 숨구멍으로 물고기의 숨 가쁜 입질
저수지 둘레에 쩡쩡 금가는 소리가 난다

3부
봄볕에 탄 말

긴 순간

쿵, 드러누운 그늘이 깊다

비로소 흘리는
눈물
큰 덩치를 울려 나오는
일생의 울음

사막이 다 젖었다

모두 떠나고
제 그림자 앞에서
천천히 몸을 벗는 낙타

긴 차양으로도 가릴 수 없는
슬픔이
우두커니 둘러쳐져 있다

산 날보다
죽은 날을 더 오래 살고 있는
흰 뼈들

남은 빛 사라지고

그림자도 지워지고

죽음의 긴 순간을
사막의 속눈썹이
가만히 덮어준다

거미

어두운 구석이
꼬물꼬물
깨어난다

소리도 무게도
다 흡수한 고요가
기어 나온다

후 불면 쓰러질 집에
후 불면 날아갈 몸

바람보다 가볍고
공기보다 투명한
속을 뽑아내고 있다

무슨 성자의 삶을
살아내는가

햇살이 걸리면
반짝 빛나기도
하는 집에서

>
없는 듯
혼처럼
살다 간다

옆

그녀와 나란히 앉아 지하를 달렸다
그녀의 수도복처럼 캄캄한 지하
캄캄해서 더 환한 얼굴이 지하철 창에 비쳤다
흔들림 때문이었을까
여러 겹 비치는 모습이 여러 겹 마음 같았다
지하철 역마다 켜진 불빛이
끝내 닿아야 할 곳
닿아서 또 떠나야 할 성소처럼 보였다
수도자 옆에 앉아 지하를 달리며
두 손을 고요에 포개 놓았다
서로 옷깃이 닿을 땐 서늘함이 건너왔다
나란히 앉은 옆은 물들기 좋은 자리
등이 꼿꼿해지고
어둠 속에서 빛을 찾는 마음이
더듬더듬 새어 나왔다

빛의 길몽

꽃그늘을 거니네
빛의 무게를 덜어낸 나무
이곳에선 누구나 환해져
귓속까지 환해져
사각 사각 사과 씹는
소리 들릴 듯하네
모든 그늘은 빛이 꾸는 꿈
꽃이 피고 지는 동안 아름다운
나무 사이를 흘러 다니네
물고기처럼 살랑거리네
모든 꿈은 꽃그늘 같아라
그늘 한 점 없는 그늘 같기만 해라
꽃그늘을 그늘이라 부르지 않겠네
빛의 길몽이라 부르겠네

거푸집

풀잎 끝에 잠자리가 매달려 있다
자세히 보니 속이 텅 비었다
벗어 놓은 한 겹 허물
잠자리이기도 하고 아니기도 한 허물이
혼을 보내고 난 그날의 당신 같다
무無로 꽉 찬 거푸집이 되어
한 자세로 붙박여 있던 당신처럼
풀잎에 붙박인 잠자리
두 번 다시 입을 리 없는데
그 자리 꼼짝하지 않는다
천년을 그대로 기다릴 듯하다
돌아오지 않는 혼을 기다리며
당신도 아직 거기 있는가
어둠 끝에 별이 반짝거린다

호수 1

저녁 산 빛을 헹궈냅니다

돌멩이 하나 던져 봅니다

물은 아프다 하지 않고 화들짝 꽃을 피웁니다

만개한 파장이 호수의 끝에 닿을 때까지

저녁 산 시름이 열렸다 닫힙니다

호수 2

물이 흔들린다
내가 태어나기 전
저 잔가지 끝 나뭇잎만 할 때
일었을 파문이 몰려온다
한없이 흘러온 물살에
매달리는 저녁 불빛들
배어 나오는 피로가 물 주름을 만든다
그 끝에서 젖은 깃을 말리는 바람
발이 차고 축축하게 젖어 든다
무거운 물살을 일으켜
저녁이 막막한 호수를 건너가는 동안
뒤뚱거리는 삶이 어둠 속에서
꽥꽥거린다
으깨진 물비린내가 확 풍긴다
나는 호수 안에서 여러 번 태어나고 죽었나 보다
익숙한 냄새를 코가 흡, 들이킨다

봄볕에 탄 말

끓는다는 말은
봄날에는 어울리지 않는
고사리 독 같은 말

주먹 꼭 쥐고 올라온 고사리
끓는 재미는 세상에
둘도 없는 재미

끓는 것에
재미라는 말은
봄날에는 어울리지 않는
고사리 주먹 같은 말

아무런 요령 없어
누구라도 한 바구니 금방
꺾어 담을 수 있다는 말은
봄철에 잠깐
고사리밥 같은 말

말린 고사리 같은 그녀가
내 뱉는 봄볕에 탄 말은
삶을 이긴
손놀림 같은 말

봄밤

풀쩍 뛰어 올라
꽃가지를 꺾는
소녀들

꽃 도둑이야
외치며 뒤따르는
소년들

키득 키득
바람이 달려오고
키득 키득
별이 따라간다

수천 송이 어둠이
벌어져
환한 밤

부풀어 오른 빵 속 같은
세상에서
꽃들은 꽃인 줄도
모르고

\>

키득 키득
서로
키득 키득

코스모스와 뱀

활짝 핀 코스모스 발목을
뱀이 휘감고 있었다

코스모스 허리가 뱀처럼 휘고
뱀의 비늘이 꽃잎처럼 반짝거렸다

허공을 가볍게 들어 올리는
코스모스와 뱀의 뒤섞임에

슬며시 발을 밀어 넣는 바람
겹쳐지는 나무 그림자

스미고 흘러들어 구별 없는 세계가
한 순간 활짝 열렸다 닫혔다

거짓말 같고 농담 같은
풍경의 바다

저무는 힘

사루비아 지고
하늘 서쪽이 붉다

저물면서 환해지는 한 순간이
세상을 건너가는 힘이라고 생각한다

흔들어도 상하지 않는
진공 속의 풍경들이 바스락거린다

해는 지고
사루비아 진자리 붉다

썬 빌리지

밤에도 해가 지지 않는 곳
누군가에게는 안전지대였지만 또,
누군가에게는 위험한 표적이 되기도 했다
24시 편의 뒤에는 24시 불편의가 깔려
밝은 만큼 짙은 그늘이 배여 있는 곳
몇 겹의 보안장치로 잠근 불안의 두께
경고의 말은 어둠보다 공허해
수시로 총과 칼이 난무하는 썬 빌리지
서부극의 한 장면을 보이는 우리 마을 편의점
깊은 밤바다의 등대처럼 홀로 빛나 사람들의
발길을 비추지만 마음까지는 비출 수 없어
아침이면 피로 물든 계산대를 꺼내 놓았다
어두워도 해가 지지 않아
달도 별도 밤도 없는 태양의 마을이
여기저기 섬처럼 떠있었다

분홍물

복숭아 한 자루를 받았다
제각각 생긴 모양이 모나거나
어두운 구석이라고는
조금도 없다

벌레도 많이 품고 있다
절반은 버려도 절반이 남아
수북하다

햇빛과 달빛과 먼 별빛
빗방울과 바람과 구름을
바글 바글 달인 맛이 난다
벌레도 좋아하는 맛

소란과 고요가 빚은
둥글고 단단한 단물이
입 안 가득 고인다
벌레의 몸속도 온통 분홍물이다

내 두 손에 넘치는 과분
꽃 한 자루를 받은 듯
달콤한 향이 풍기는 집
벌레와 함께 복숭아를 먹는다

구두를 들고 맨발로

돌담아래 봉숭아
한 주먹 따 내면
내일 그 보다 더 피어
따낸 자리 보이지 않는다

얼른 일어나 눈물 닦고
깨진 무릎에
빨간 약 발라 놓던
봉순이처럼
재빨리 상처를 꽃으로
감싸 놓는 봉숭아

하양 보라 다홍
그늘진 담밑이 화사하다
작고 소박해도
뙤약볕처럼 뜨거운 봉숭아
구두를 들고 맨발로
뛰어가던 봉순이 같은 꽃

다홍물 흠뻑 들어 멀리 떠난 뒤
다시 돌아오지 않는 그녀가
봉숭아로 피어 한들거린다

영 글러버린 이번 생의 손톱에
꽃물을 들이고 있다

봄비

밤에는
어둠을 반쯤 열어두는 것으로

낮에는
구름을 열고나서는 것으로

젖은 물방울들
검은 가지에 스미는 소리
흘러넘치는 소리

귀속에 무수히 돋아나는 연두
부드럽고 연한 말들

곧 우거지겠다

라일락에 대한 기억

바래진 블라우스를 공중에 넌다
라일락 향기 풍기던
꽃다운 시절 이 옷에도 있었다
형수님, 생일 선물입니다
수줍은 듯 건네던 스물다섯
스냅사진 속 아직도 웃고 있는 그
타이어가 그의 생애를 밟고 지나간 후로
남은 우리는 벼락 맞은 나무처럼 살았다
늘어진 옷 솔기 사이로 라일락 꽃 활짝 피어 있다

응급실 한 구석
흰 시트에 가려진 얼굴이
형이 아니고 동생이었던 그때가
미안하고 미안한

봄이
다시 왔다

정월

할머니가
말린 달을 꺼냈다
깨끗하게 씻어 물에 불렸다

쪼글쪼글한 주름이
더디게 펴지고
희미하게 둥근 모양이 살아났다

해지고 저녁이 되자
양푼이 가득 달이
넘실거렸다

할머니가 달을 건져
어둠 속에 내다 걸었다
오래된 빛이 길게 흘러 나왔다

할머니 손은 약손
부드러운 보름 달빛이
세상의 아픈 배를 어루만졌다

겨울의 발목

어린 장미나무 밑동이
짚에 싸여 있다

매만진 손길이 촘촘하다
저 마음이 훗날 꽃을 피울 테다

새 한 마리 앉았다 날아간다
순간 바람이 기우뚱한다

장미나무의 떨림 잦아들고
뿌리가 밀어 올리는 숨가쁜 물소리

귀를 대는 속 꽃눈들
겨울의 발목이 따뜻하다

4부
꽃그늘 아래 잠든 당신

톱날이 보이지 않게

늙은 살구나무를 밤에 벴다
번쩍이는 톱날이 보이지 않게
모두가 잠든 밤에 톱질을 했다
달빛에 걸려 톱이 휘청거렸다
빛이 휘는 소리가 났다
어둠이 습자지처럼 떨렸다
톱날이 나무의 속을 다 통과해 나올 때까지
얼마나 마음을 오그리고 있었는지
아버지 굽은 등이 한 자나 더 굽어 보였다
나무가 희미하게 살구 향을 풍겼다
잘린 나무 앞에서 아버지는 두 번 절을 했다

포도송이를 손으로 딸 때

포도나무처럼 자라던 시절 식물도 동물도 자식도 한통속으로 키웠던 아버지는 내 마디를 감싸며 늘 마디를 조심하라 일렀다 굵은 데가 약한 곳이라 했다

포도송이를 손으로 딸 때도 마디를 찾아 꺾어야 한다고 쇠심줄처럼 드센 가지지만 마디는 쉽게 툭 부러져 포도송이도 나무도 상하지 않는다고 했다

비틀린 자세대로 지지대를 세우고 가지를 벌려 멀리까지 뻗어가게 하면서 소 눈망울 같은 포도송이를 잘도 매달았던 아버지 정작 당신은 마디마디 안 아픈 마디가 없었다 버럭 소리부터 지르던 성미도 어느 마디에서 꺾였다

세월의 줄을 타고 포도넝쿨처럼 멀리 뻗어 나간 뒤 다시 그 시절로 돌아 갈 수 없었지만 포도송이를 꺾을 때면 일생 아버지 마디를 내가 꺾었다는 생각이 자꾸 들었다

돌배나무

배꽃 떨어져
적막한 뒤란이 화사합니다

묵은 장독대를 옮기니 오래 눌려 그늘진
자리에도 골고루 꽃잎이 덮힙니다

아버지의 아버지가 심었다는 돌배나무
큰 자태가 선비 같습니다

배꽃 둘레를 윙윙 돌고 있는 벌들
두레 밥상에 둘러앉던 어린 우리들 같습니다

대대로 가난한 가계보에
과실수 한 그루로 추운 봄이 풍성합니다

별

마루 끝에 앉아서 쳐다보았다
어머니 손끝에서 쏟아져 나오는
못난이 송편들

꾹 쥐었다 펴면 송편 하나
꾹 쥐었다 펴면 송편 둘
어둠속에서도 빛을 발하는
솜씨 부리지 않은 솜씨

어머니 손끝에서 빚어지는 것은 모두 별
크고 투박하고 오래된 빛
오늘 밤 어머니의 하늘 바구니는
못나서 예쁜 송편별로 가득 찼다

포도밭이 울었다

이제 텅 비었다

저 큰 적막

푸른 이파리
빼곡히 온 밭을 뒤덮는다 해도
메울 수 없는

39킬로그램의 노구
형편없이 쪼그라진 일생이
쑥 뽑혀져 나갔다

비틀린 포도나무
바로 세우던 지지대처럼
평생 힘주었던 몸

낡은 목장갑 두 짝과
외발 리어카가
멀리 움직이는 듯 보였다

당신 몫의 햇살과 바람
사라진 밭에서

잉잉 거리는 철사 줄

포도밭이 울었다

기일

아버지는 내일 돌아가셨다

머위와 방풍을 산다
봄나물은 약이라는데
혼에게도 약이 될까

향이 타는 봄
목련꽃송이를 만져본다
맞대 부빈 살의 감촉
그날의 당신처럼 차다

이처럼
차가운 생명도 있다
매화 산수유 고래 상어
둘러보면 사방에 가득하다
목덜미에 감기는 바람에도
서늘한 기운이 돈다

오래 전
다른 이름이 된 당신
오늘 밤 우리 곁에 와
더운 멧밥에
식은 온기를 데운다

해를 뭉쳐

아침을 긁었다
솥에 눌어붙은 아침을
동그랗게 뭉쳐 던졌다

해 받아라 해

엄마는 날마다
노란 해를 뭉쳐
우리들 입에 넣었다

매일 입 안 가득
해가 떠올랐다
삼킬수록 붉게 타오르던 해

이른 새벽
바람과 공기를
가르며

젓가락처럼 가는 엄마가
무거운 무쇠솥
바닥을 긁었다
납작한 밥의 바닥을 일으켰다

줄

어머니는
소주 한 병
다 들이키고
혼절했다

사약 같았던
세월을
수십 병
들이키고도
끄떡없었는데

아버지 병수발
삼년 만에
정신 줄을 놓았다

오도 가도 못한
몸부림이
머리맡에
빈병으로 뒹굴었다

캄캄하기는
이 세상이나 저 세상이나

질기기는
인연 줄이나 목숨 줄이나

어머니 한탄을 링거 줄에
붙들어 맸다
똑 똑 똑
떨어지는 수액이
아직
꽉 잠그지 않은
생 같았다

새와 아이

안테나 위에 새 한 마리 앉아 있다
연방 꼬리를 까닥거리며
잔 발질을 하며
부르르 떨다 켜지는 형광등처럼 중심을 잡는다
저 새
공중에 한 번씩 피어날 때마다 온 몸이 떨린다
그 불안의 힘으로
환하게 가볍게 공중을 들어 올린다

큰 아이 입학하던 날
자꾸만 뒤돌아보며 주춤거리는 눈동자에도
저런 새 한 마리 있었다
조금씩 세상을 향해 잔 발질하던
다시는 돌아올 수 없는 곳을 향해 퍼덕거리던

한 덩이로 뭉쳐 날아다니는 하루살이떼
하나하나가 떨림이듯
끊임없이 흔들리는 것이
제 공중을 세우게 하는 힘이어서
꼿꼿하고 단단할수록 더 많은 떨림을
숨기고 있는 법
아이와 새 꽃과 나무
모든 불안의 경계가 막, 힘을 쓰고 있다

2월 나무처럼

그녀가 왔다
나와는 피 한 방울 섞이지 않은 가족
마른 나뭇가지를 똑똑 분지르며
형님 사는 게 참 징글맞아요
언제쯤 싹이 돋을까요 무성해질까요
돌아보며 웃는 얼굴이 핼쑥했다
우리는 함께 눈썰매를 탔다
아이처럼 소리를 지르며
눈보라치는 어제를 날렸다
긴 터널을 빠져 나오려는 듯
속도를 높였다
바람이 심하게 불었다
나뭇가지가 일제히 휘었다
저 휨이 싹을 틔울 것이다
무성함을 만들 것이다
2월의 나무처럼
마주서서 우리는 손을 비볐다
아직 아무것도 잡히지 않았지만
두 손바닥에 따뜻한 온기가 일었다

길을 잃는 날들

자고 나면
여기가 어딘지
당신은 묻는다

꿈속의 정신이
꿈밖의 몸을
미처 따라오지 못해

상사화처럼
꽃 따로 잎 따로
세상을 내민다

서로 어긋나는
간극에
아픈데 없이
무너져 내렸다

정신없다는 말의 공포를
살고 있는 당신
이제 당신이
아닌 채 당신을
묻는다

\>
아무리 흔들어도
없는 정신이
방에서 방을 찾고
집에서 길을 잃는다

점점 휘발되는 생
이 슬픔을 떠받칠
지렛대가 없다

봄에는 매일

비 오다
그치면 아쉽고
눈 오다
그치면 서운했다

꽃 피었다 질 때면
당신 왔다 돌아 갈 때처럼
손 흔들어 보내기 싫었다

하룻밤만 더 있다 가라
붙들고 싶었던
모든 이별

다시 볼 수 없는 뒷모습을
배웅하는 일로
봄에는 매일 아팠다

그 많은 꽃잎들
다 떨어질 동안

숨도 무거워

턱을 쭉 내밀고 엉덩이를
뒤로 한껏 빼 걷는다
노랑 별 무늬 버선 발
한 걸음 놓고 숨 한 번 쉬고

일생 걸음이 단 한 번
날기 위한 연습이었다는 듯
곧 떠오르기 직전의 모습이다

신발도 벗어 던진 지 오래
새처럼 뼛속까지 비웠는지 껑 마른 몸이
바람에 휘청한다

휴, 숨도 무거워라

노파는 연신 공기에 한숨을 뱉어 섞는다
가끔 굽은 허리를 펴 바라보는 곳에
부리를 쭉 내밀고 꽁지를 뒤로 한껏 뺀
새들이 날아간다

건기의 벌판

간밤
먹다 남긴 사과 한쪽
쭈글하게 말라 있다

스르륵 흘러내리던
금전수 이파리가
자고 일어나면
깔깔하던 목안이

집안이 온통 건기의 벌판임을
알렸던 것인데

책속의 글자가 가루가 되어
날리던 꿈이 기억나는 아침

북어처럼 뻣뻣해진
팔과 다리를 주무른다
건조한 감각에 부딪힌
햇살이 멀리 튕겨져 나간다

이 벌판 한가운데서
오래 울지 않았다는 것을

무수히 금간 웃음 지었다는 것을
모른 체 하고

인공 눈물을 넣으며
물 떠난 물고기처럼
하루하루 조금씩
말라간다

마술의 저녁

오백 평 소금 밭 사나이
그는 실버 마술사
비오는 날이면 시장으로
마술하러 간다

실버 관객들에게 보여주는
더듬거리는
실버 마술

짜고 짜서 퉤
뱉어버리고 싶은
몸을 꾹 물고
저물어가는 사람들

어설픈 눈속임도
어설프게 속아준다
소금보다 짠 세상에서 내 몸처럼
쩐 몸을 만나는 즐거움

궂은비도
더듬거리는 나이도
어설프게 속아준 세상도

싱거운 마술의 맛에 묻히는 저녁

번지는 웃음이
오백 평 염전의
소금 빛이다

꽃그늘 아래 잠든 당신

당신은 거기에서 웃고
나는 여기에서 웁니다

그곳은 봄날 오후
이곳은 겨울 저녁

한 방에 마주 앉아
서로 다른 계절에 있는
이상한 날

그해 봄 여든이 넘은 당신을 라일락 활짝 핀 꽃그늘 아래
세워 두고 카메라 셔터를 팡팡 눌렀지요
　연신 볕에 탄 주름이 주글주글 웃었지요 손사래 치며 당
신은 눈부시다 했지요
　세상 모든 것이 눈부셔 눈을 뜰 수 없다 했지요 봄이 가고
겨울 당신은 정말 눈을 뜨지 않았습니다
　그날의 당신이 흰 국화에 둘러싸여 웃고 있습니다

꽃그늘 아래 당신을 처음 찍은 사진이
마지막 사진이 되어 버린 날

당신은 밤처럼 환하고

나는 낮처럼 어둡습니다

그날의 기쁨을 찾아
오늘의 슬픔으로 걸어 두는 일

그런 세상을 이제 당신은
물끄러미 내려다보기만 합니다

흰 국화향이
당신의 입김에 이리저리 휩니다

해빙

언 저수지
여기저기
구멍이 나 있다

어떤 기운이 들쑤신 흔적
살이 흘러내리고 뼈가 녹아
물결처럼 펴지는 얼음

저수지 둘레가 부풀고
일렁이는 파장이
가장자리까지 번진다

알을 쏟아 놓은
어미 연어처럼
핼쑥해진 겨울

저수지 바닥 깊이
내려가
배를 뒤집고 눕는다

흰 새벽

쌀뜨물 같은 뿌연 대기
어느 큰 손이
아침을 안치고 있나

붉게 퍼지는 구름
어느 새
잘 뜸들인 동쪽 하늘이다

모래 한 알도 빠트리지 않고
저마다의 양 만큼
퍼 줄 아침

어린 조무래기들
밥상에 둘러앉히던
엄마도 그랬다

밝음과 자리를 바꾸는
어둠처럼
무엇을 위해 살아보고 싶은 새벽

깨끗하게 쌀을 씻어
밥을 안친다

메멘토모리 혹은 상응의 시학

이진흥 시인

메멘토모리 혹은 상응의 시학

이진흥 시인

요즘엔 시집 말미에 비평가의 해설을 붙이는 경향이 있지만, 진정한 감상을 위해서라면 해설의 언어는 무용지물이 되어야 한다는 하이데거의 말이 떠올라서 이런 어쭙잖은 글을 쓰는 게 어색하다. 그러나 전영숙 시인은 오랫동안 함께 시 공부를 해온 동인이고 수록 작품도 대개 낯익은 것들이어서 반가운 마음에 몇 마디 사족을 붙여본다. 그녀는 섬세한 감성으로 삶의 빛과 죽음의 그늘을 응시하면서 사물들 간의 소통과 상응을 조용히 노래하는데, 어느덧 세월 탓인지 오후 햇살을 바라보는 시선이 깊고 노랫소리가 부드럽고 따뜻하다.

1. 보랏빛 근심이 온 마당에 번지고

시는 사실의 언어가 아니라 진실의 언어이다. 사실은 이해의 대상이지만, 진실은 감동의 원천이다. 이해는 되풀이할 필요가 없지만 감동은 지속적이다. 뉴톤의 만유인력은 이해하면 그만이지만 베토벤의 교향곡을 반복해서 듣는 것은 그 때문이다. 이해의 언어가 분리/분별하는 로고스Logos라면, 감동의 언어는 연결/통합하는 미토스Mythos이다. 전자는 삶의 편의를 주지만, 후자는 삶의 의미를 창조한다. 이때 미토스가 일으키는 감동은 분리된 사물이 연결되어 서로 상응Correspondence하는 그것이다. 예컨대 서정주가 국화꽃과 소쩍새 사이의 보이지 않는 통로를 연결하여 소쩍새의 울음에 상응하는 국화꽃의 피어남을 노래한 것이 바로 미토스의 언어로서 「국화 옆에서」라는 시(작품)이다.

새끼 제비가 바닥에 떨어졌다

제비꽃들이 일제히 뒤꿈치를 들고

하늘을 향해 두리번거렸다

날아가는 새떼에게 신호라도 보내는 듯

가는 몸이 끊임없이 흔들렸다

태어난 몸이 다르지만

저 둘은 이름을 나눠 가진 사이

보랏빛 근심이 온 마당 가득 번졌다
— 「보랏빛 근심」 전문

어쩌다가 새끼 제비가 땅바닥에 떨어진 모양이다. 아마도 제비집에서 발을 잘못 디뎠거나 새끼들끼리 자리다툼을 하다가 밀려났는지 모른다. 결과적으로 지금 새끼제비에게는 목숨이 걸린 위험한 사태가 벌어진 것이다. 어린 새끼 제비는 날아오를 수 없어 땅에서 파닥거리는데 바람결에 마당에 피어있는 제비꽃들이 살랑살랑 흔들리고 있다. 이 장면을 시인은 땅바닥에 피어있는 키 작은 제비꽃들이 일제히 뒤꿈치를 들고 하늘을 두리번거리며 날아가는 새떼에게 신호라도 보내는 듯 가는 몸을 흔들고 있다고 생각한다. 사실의 언어(로고스)로 보면 제비새끼와 제비꽃은 아무 관계가 없다. 그러나 진실의 언어(미토스)는 양자 사이의 분리할 수 없는 관련을 읽어낸다. 태어난 몸은 다르지만 같은 이름을 나눠가진 사이라는 것이다. 그래서 작고 가냘픈 제비꽃들이 갖고 있는 어린 새끼제비에 대한 연민과 근심이 마당에 가득 번지고 있다. 새끼 제비의 위기에 상응하여 제비꽃의 보랏빛 근심이 마당에 번지는 장면… 이것이 하나의 신화(미토스)로 살아나고 있는 것이다.

이해는 사물을 분리/분별하지만 감동은 연결/통합한다. 구약성서의 창세기에서 아담이 선악과를 먹고 눈이 밝아졌다는 것은 분별지를 갖게 되었다는 뜻이다. 분별하기 때문에 아담은 신으로부터 분리되는데 그것이 타락이라는 것이다. 즉 타락이란 하나님(진리)과 분리되어 멀어지는 것이어서 그 순간부터 인간은 다시 하나님에게로 돌아가려고 한다. 실낙원(타락)에서 낙원회복(구원)을 꿈꾸는 것이다. 그렇다면 낙원회복의 길은 무엇인가? 그것은 로고스의 언어를 지양하고 미토스의 언어를 구하는 것이다. 그래서 승찬

대사는 지극한 도는 어려운 게 아니라 단지 가르고 선택하는 것을 버리면 된다至道無難, 唯嫌揀擇고 하지 않는가? 즉 분리/분별을 그치고 연결/통합으로 나아가면 지극한 도(진리)에 쉽게 도달할 수 있는 것, 그것이 시(예술)의 세계인 것이다.

빈 가지에 참새떼가 우르르 날아듭니다

여전히 빈 가지입니다 참새떼를 어디다

숨겼는지 나무는 흔들리지 않고 고요합니다

들여 놓은 공중의 틈을 조심스레 벌리면

거기, 세상을 들어 올리는 작은 새

쌀 한 스푼의 무게가 나뭇잎 진자리를 누르고

있습니다 지혈을 하듯 꼭 누르고 있습니다

위잉 울던 바람도 내 안의 상처도 잠잠해집니다
　　―「쌀 한 스푼의 무게」 전문

이 시에는 나무와 참새와 내가 등장한다. 나무의 빈 가지에 참새떼가 날아들지만 나무는 새떼를 어디다 숨겼는지 보여주지 않고 여전히 빈 가지로 고요하다. 그런데 화자인 내가 "들여놓은 공중의 틈을 조심스레 벌리면/ 거기" 작은 새의 "쌀 한 스푼의 무게가 나뭇잎 진자리를" 마치 지혈하듯 꼭 누르고 있는 게 보인다. 지혈하듯 누르는 쌀 한 스푼의 그 가벼운 무게에 상응하며 가지를 흔들던 바람도, 그것을 바라보는 내 안의 상처도 잠잠해지는 것이다. 이것이 바로 미토스가 이루어내는 시의 세계인 것이다.

> 겨울 벚나무에 까치가
> 떼로 앉아 있다
> 땅으로 내려왔다 올라앉길
> 반복하는데
> 생명을 품었던 자리에
> 생명이 매달리자
> 나무는 또 다시 출렁거린다
> 빈 채로 서 있지 않은 빈 나무
> 모여 마을을 이룬 까치떼
> 시끄럽다
> 침묵의 겨울이 시끄럽다
> 수십 마리 새떼를 거뜬히
> 품고 있는 앙상한 나무
> 생산의 충동에 사로잡혀
> 벚꽃들 곧 만개하겠다
> ─「빈 나무는 비어있지 않은 채로」 전문

잎이 다 떨어진 겨울 벚나무에 까치떼가 앉았다가 땅에 내려왔다가 다시 올라앉길 반복한다. 까치가 올라앉는 빈 가지는 전에 꽃과 열매 즉 "생명을 품었던 자리"인데 그 자리에 다른 생명(까치)이 매달리자 "나무는 또 다시 출렁거린다." 겨울 벚나무는 지난 계절에 품고 달았던 꽃과 열매 잎새 등의 모든 생명을 모두 떨어트리고 빈 채로 서 있지만, 지금 까치라는 다른 생명이 모여 침묵의 겨울을 시끄럽게 하고 있으니 "빈 채로 서 있지 않은 빈 나무"이다. 그리고 까치떼라는 생명의 무게와 울음에 호응하여 빈 가지는 "생산의 충동"에 사로잡혀서 곧 환하고 아름다운 벚꽃을 활짝 피우게 될 것이라면서 시인은 까치울음과 벚꽃 사이의 상응을 읽어내고 있다.

2. 조심스럽게 생의 맥을 짚으며

"하늘을 우러러 한 점 부끄럼이 없기를" 바라던 윤동주는 별을 노래하는 마음으로 왜 "모든 죽어가는 것을 사랑해야지"라고 했을까? 생명이 소중한 것이라면 모든 살아있는 것을 사랑해야지라고 해야 하지 않았을까? 죽어가는 것은 아직은 살아있지만 지금 죽음으로 내몰리는 고통스러운 상태에 있는 나약한 생명이다. 진정한 사랑은 강한 것에 대한 호응이 아니라 나약한 것을 가엾이 여기는 측은지심이 아닌가? 예수도 강하고 부유한 사람들이 아니라 세상에서 가장 빈천하고 나약한 사람들에게 소망의 은총과 구원의 손길을 주기 위해서 왔다고 하지 않는가? 그래서 시인 윤동주는 모든 "죽어가는 것"을 사랑하겠다는 것이다. 키르케고르Kierkegaard는 시인을 "가슴에 심각한 고민을 안고 탄식과 흐느낌을 아름다운 노래로 부르는 입술을 가진 불행한 인간"이라고 한다. 과연 시인이야말로 죽어가는 생명을 보고 가슴 아파하면서 그것을 보듬어 안고 위안의 노래를 부르는 사람이 아닌가?

> 꽃을 만졌다
> 송이째 툭 떨어진다
> 얼른 주워
> 꽃 대궁에 대 본다
> 돌이킬 수 없는 것을
> 대 보는 마음
> 아름다움의 모가지는
> 이토록 여릴까
> 함부로 손 댈 수 없는
> 가늘고 연한 대궁이
> 나비처럼 움직이게 한다
> 낮고 작게 조심스럽게
> 생의 맥을 짚게 한다
> ─「가늘고 연한」 전문

어느 날 시인은 꽃을 만진다. 꽃은 식물의 자기실현의 모습으로 아름다움의 표상이다. 시인에 의하면 그것은 마치 "달 하나를 삼킨 듯"한 모습이어서 "함부로 손 댈 수 없는"(「초대한 적 없는」) 것인데 그 아름다움에 끌려 자신도 모르게 꽃을 만진다. 그 순간 꽃이 "송이째 툭 떨어"져서 시인은 그것을 "얼른 주워/ 꽃 대궁에 대 본다". 돌이킬 수 없다는 것을 뻔히 알면서도 안타깝고 가엾어서 그 자리에 대 보면 가늘고 연한 꽃의 대궁에서 미세하게 떨리는 느낌이 온다. 그것이야말로 생명과 존재에 대한 가장 섬세하고 민감한 느낌인데 그것이 시인으로 하여금 조심스럽게 "생의 맥을 집게" 한다. 그래서 시인은 지금 "봄볕 속에 쭈그리고 앉아/ 부러진 제비 다리를 고치 듯/ 떨어진 꽃모가지를 붙"이고 있는 것이다.

봄볕 속에 쭈그리고 앉아
부러진 제비 다리를 고치 듯
떨어진 꽃모가지를 붙였다
흠잡을 데 없이 만들어
내 놓은 햇살의
작품에 금이 갔다
금간 힘으로 마저 피어라
투명 테이프를 꼼꼼히 감았다
줄기에 푸른 물이 오르고
꽃이 점점 벌어졌다
망가졌다고 함부로 버린 것
보란 듯이 활짝 피었다
다 망가진 나를 버리지 않고
아직도 박음질 중인 햇빛
빈틈없이 박느라
아까운 봄볕 다 쓰고 있다
　　　—「꽃모가지를 부러뜨렸다」 전문

떨어진 꽃모가지를 다시 붙여놓고 보니 "흠잡을 데 없이 만들어/ 내 놓은 햇살의/ 작품에 금이" 가고 말았다. 꽃이

야말로 햇살(자연, nature/physis)이 만들어 내 놓은 걸작인데 그만 잘못 만져서 그 작품을 훼손시킨 것이다. 그러나 생명이란 신비한 것이어서 시인이 "금 간 힘으로 마저 피어라"고 하며 "투명 테이프를 꼼꼼히 감"아주고 나니 "줄기에 푸른 물이 오르고/ 꽃이 점점 벌어"져서 마침내 보란 듯이 활짝 피어난다. 망가져서 상처난 생명을 버리지 않고 봄날의 햇빛이 아까운 봄볕을 다 쓰면서 위대한 박음질로 재생해낸 것이다. 그 기적 같은 일을 바라보면서 시인은 햇살의 박음질 같은 놀라운 일이 꽃에게만 해당되는 게 아니라, 지금까지 살아오며 부딪치고 넘어져 "다 망가진 나" 즉 자신을 살려내는 것임을 깨닫는다.

> 윗 지방에는 서리가 내렸다 합니다
> 소복이 핀 노란 소국이 모여 있어도 추워 보입니다
> 꿀벌의 가열한 날갯짓과 날개를 펼쳐 꽃송이를
> 덮고 있는 나비가 온기를 보태고 있는 듯합니다
> 햇볕과 바람은 말리는 일로 돌아 선지 오래입니다
> 점 점 미이라가 되어 떨어지지도 못합니다
> 피는 것 보다 지는 게 더 오래 걸리는 작은 나라
> 노란 감옥에 갇혀 긴 시간 웅크리고 있습니다
> ―「노란 감옥」 전문

윗 지방에는 서리가 내렸다는 소식을 듣고 나니 "소복이 핀 노란 소국이 모여 있어도 추워" 보인다. 그런데 그런 꽃에 꿀벌과 나비가 날아들고 있다. 시인은 그것을 꽃들의 추위를 막아주는 행위로 읽는다. 즉 꿀벌은 "가열한 날갯짓"

으로, 나비는 날개를 펼쳐서 꽃송이를 덮어 온기를 보태주
는 동작이라는 것이다. 그것이 바로 사물간의 상응이다. 그
리고 이제 가을 햇살과 건조한 바람이 꽃송이의 수분을 말
려서 꽃은 미이라가 되어 떨어질는지도 모르는 상황이다.
필 때보다 질 때의 시간이 더 오래 걸려 보이는 소국小菊, 그
꽃 이름을 동음이어同音異語인 소국小國으로 읽으면 그 의미
가 '작은 나라'로 전환된다. 그래서 시인은 그 小菊에 있는
생명을 小國이라는 감옥에 갇힌 힘없는 백성이라고 보고,
그들이 긴 시간 웅크리고 있는 모습을 상상해 본다. 굳이 시
인이 그렇게 상상하는 것은 나약한 생명을 가엾게 여기는
시인의 마음을 드러낸 것이다.

3. 내 속에서 나를 찾아 헤매는

대체로 우리는 잡다한 일상에 매몰되어 존재망각의 일상
인으로 살아간다. 그러나 어떤 순간 무언가 힐끗 스쳐가는
듯 혹은 꿈결처럼 들리는 목소리가 마치 죽편처럼 잠을 깨
우는 듯한 느낌이 들 때가 있다. 대개는 그냥 지나치지만 때
로는 선명한 판화처럼 의식 바닥에 남아있는 경우도 있다.

　　죽은 당신이
　　전화를 걸어 대뜸
　　오후 세시라 한다

　　무언가 다 놓친 느낌
　　빨래를 널기에도
　　외출을 하기에도

너무 늦은 시간
— 「나팔꽃이 입을 다무는 때」 부분

"죽은 당신이/ 전화를 걸어 대뜸/ 오후 세시라 한다." 꿈 속의 소리를 듣고 깨어나 보니 바로 지금이 자신의 인생에서 오후 세시의 때라고 생각이 든다. "오후 세시"는 아주 애매한 시간이다. "빨래를 널기에도/ 외출을 하기에도 너무 늦은 시간"이어서 결국 아무 것도 할 수가 없다. 아침부터 긴 시간을 하릴없이 다 보내고 보니 이제 햇살도 줄어들기 시작하는데 "남은 빛에 기댄 심정이/ 꽃 시절 다 보낸 나무 같아서// 사랑하기에도 이별하기에도/ 영 늦은/ 꿈속보다 더 적막한/ 꿈 밖"에 서 있는 심정이다. 그런 심정으로 자신을 돌아볼 때 시인은 뭐라 표현할 수 없는 불안을 느낀다. 그 불안은 예컨대 수험생이 내일 치를 시험 때문에 걱정하는 것과는 다른, 해소할 수 없는 근본적인 불안이다. 이때 느끼는 그런 불안의 주체를 실존이라고 하는데, 시인에게 "죽은 당신"이라는 존재가 알려주는 "오후 세시"라는 시간은 일상의 기분을 깨뜨리고 실존적 각성의 계기가 된다. 정신을 차려보니 현재 자신의 삶은 꿈속보다 더 적막한 꿈 바깥에 놓여있는 것이다.

시인은 오후 세시의 길어지는 그림자를 바라보며, 이제 어디로 가야할지 알 수 없는 자신의 모습을 문득 언 강 위를 가는 고라니에 투영시킨다.

고라니 한 마리
언 강 위를 간다

바람이 등을 밀어도
건너편 산이 힘껏 당겨도
아직 강 가운데

날렵하고 긴
네 개의 다리도
소용없는 바닥

깨지고 갈라지는
얼음이
벼랑인 길에

젖은 눈동자를 굴리며
하염없이 떨고 있는 짐승

멀리 별이 글썽거리고
얼음 밑을 흐르는 강물
자책하듯 시퍼렇다
— 「겨울 강」 전문

남을 공격할 수 있는 무기 하나 없는 나약한 고라니가 언강 위를 걸어간다. 미끄러운 얼음 위에서는 "날렵하고 긴 네 개의 다리도 소용"이 없다. 바람이 등을 밀어도 아직 얼어붙은 강의 가운데인데, 얼음은 예고 없이 깨지고 갈라지는 매우 위험한 벼랑길과 같다. "젖은 눈동자를 굴리며 하염없이 떨고 있는" 나약한 짐승이 다름 아닌 자신의 모습이다. 먼 데 별빛조차 글썽거리는 듯한 언 강 위에서 떨고 있는 나약한 초식동물… 그러나 시인은 이 상황에 피동적으로 매몰될 수만은 없다고 생각한다. 삶은 온전히 자신의 것, 생각을 바꾸어보면 모든 게 달라 보인다. 일체유심조 一切唯心造라는 말에 기대어 다시 자신을 돌아본다. 문득 겨울 들판에 마른 수도승처럼 서 있는 큰 느티나무가 언 강 위에서 떨고 서 있는 고라니 위로 오버랩 된다.

마른 수도승처럼
겨울 들판에 서 있는
큰 느티나무

한 번도 떠난 적 없지만
머문 적도 없어
바람 불면 수천 겹 허공을 펼쳐
둥글게 부풀었다

저 넓은 허공의 날개라면
땅 속 어느 뿌린들 들어 올리지 못할까
어느 하늘엔들 풀어 놓지 못할까

캄캄한 밤이면 나무는
긴 다리를 뻗치고 솟아올랐다
별들이 소용돌이치는 길을 따라
쥐라기 공룡처럼 날았다

아침이면
잔가지 하나가 사라진 걸
나무의 방향이 조금 틀어진 걸 아무도 몰랐다
이것은 나무만 아는 일
아무도 알지 못해
나무가 나무로 있을 수 있는 일
　　—「뿌리 깊은 새」전문

　느티나무는 다른 곳으로 한 번도 떠난 적 없이 그 자리에
서 있다. 그러나 "한 번도 떠난 적 없지만/ 머문 적도 없어/
바람 불면 수천 겹 허공을 펼쳐/ 둥글게 부풀"고 있다. 떠난
적도 머문 적도 없다는 말은 떠난다/머문다를 넘어서서 '그
냥 그렇게 있는' 것이다. 그리고 바람이 불면 자신의 몸을
둥글게 부풀리다가 바람이 그치면 다시 움츠린다. 나무의
가지가 흔들리는 것이 넓은 허공의 날개라면 땅 속의 뿌리
인들 들어 올려서 하늘에 풀어놓지 못할 까닭이 있겠는가?
그 자유로운 자기실현의 몸짓을 막는 것은 어디에도 없다.
형상이 어둠 속으로 사라진 캄캄한 밤이면 나무는 긴 다리
를 뻗치고 별들이 소용돌이치는 길을 따라 쥐라기 공룡처
럼 자유자재로 날아올라 자신을 실현하는 것이다. 그러다
가 아침이 밝아오면 어둠에 잠겼던 몸체가 드러나는데, 잔
가지 하나가 사라지거나 서 있는 방향이 조금 틀어져 있지
만 그 사실을 아무도 알지 못하고 오직 나무인 자신만이 아
는 것이다. 오직 자신만이 안다는 것은 오직 자신만이 주체
적인 존재임을 아는 것인데, 그것은 천상천하유아독존天上
天下唯我獨尊이라는 석가의 말과 다르지 않다. 그렇다. 세상

에서 가장 존귀하고 유일한 자신의 존재, 그것을 찾기 위해 애쓰고 노력하지만, 노력할수록 헤매는 것이 삶의 모습이다. 찾으면 오히려 보이지 않는다는 역설… 그것이 삶의 진실이 아닌가.

좀처럼 절은 보이지 않았다
좁은 길은 경을 펼쳐 놓은 듯 서늘하고 고요했다
몸과 마음이 저절로 작아지고 낮아졌다

나무와 바위와 꽃들 명상 중인
먼 길이 한 채의 절이었다
둘러보면 모든 게 불상이었다
개미 한 마리 모래 한 알 반짝 빛나는 거미줄까지

멀리 독경 소리 들렸다
버려진 자동차도 동굴만하게 귀를 열었는지
뒤꽁무니가 푹 찌그러져 있었다
떨어진 꽃잎도 방향을 바꾸어 몰려갔다

세상 모든 것이 부처의 안이었고
세상 모든 것이 부처의 밖이었다
내 속에서 나를 찾아 헤매듯
절 속에서 절을 찾아 헤매는 길
— 「다솔사를 찾아서」 전문

아무리 찾아도 절(진리)은 보이지 않는다. 절을 찾아가는 길은 좁고 서늘하고 고요하다. 찾아 헤매는 동안 "몸과 마음이 저절로 작아지고 낮아"진다. 그러나 알고 보면 절(진리) 자체는 별다른 집이 아니다. 몸과 마음이 작아지고 낮아지면 보인다. 절을 찾는 중에 만나는 "나무와 바위와 꽃들 그리고 명상중인 먼 길"이 다름 아닌 한 채의 절이고, 심지어는 "개미 한 마리 모래 한 알 반짝 빛나는 거미줄까지"도 진실로 눈을 뜨고 보면 "모든 것이 불상이다." 그럼에도 불구하고 시인은 지금 "내 속에서 나를 찾아 헤매듯/ 절 속에서 절을 찾아" 헤매고 있는 게 아닌가? 과연 詩人(poet)은 視人(seer)이다. "독경 소리를 노래詩로 들으며 절 속에서 절을 찾아視 헤매는 것이 시인의 숙명이다.

　　무쇠 솥 하나를 구입했습니다 진열대엔 편리하고 가벼운 솥들이 즐비했지만 구석으로 밀려나 우직하게 앉아 있는 모습에 웬일인지 나도 모르게 덥석 끌어안고 말았습니다 힘들고 어려웠던 시절 설움을 끓이고 고통을 뜸들이며 밥은 단순한 밥이 아니라고 일러주었던 솥 쉽게 뜨거워지지 않았지만 쉬 식지도 않아 언 몸과 마음을 오래 녹이며 기다림과 한결같음의 의미를 일러 주었지요 무쇠 솥에 밥을 안치니 자작자작 뜸 들이는 소리가 아침을 깨웁니다 뜨겁게 김이 오르는 흰 밥을 수북이 담아 밥상에 올려놓고 솥은 예나 지금이나 변함없이 검게 입을 다물고 있습니다 제 속의 뜨거움을 미련스럽도록 견디는 무쇠 솥이 끊임없이 흔들리는 일상의 중심을 꽉 눌러 줍니다
　　―「무쇠 솥」 전문

요즘 무쇠 솥은 별로 쓰이지 않는 부엌의 도구이다. 전기 밥솥이나 편리한 전자제품에 밀려난 폐물과 같은 존재이다. 그런데 시인은 "구석으로 밀려나 우직하게 앉아 있는 모습에 웬일인지 나도 모르게 덥석 끌어안고" 말았다고 한다. 왜 그랬을까? 무쇠 솥은 "힘들고 어려웠던 시절 설움을 끓이고 고통을 뜸들이며 밥은 단순한 밥이 아니라고 일러 주었던" 것이었고, "쉽게 뜨거워지지 않았지만 쉬 식지도 않아 언 몸과 마음을 오래 녹이며 기다림과 한결같음의 의미를 일러 주었"던, 그래서 삶의 많은 배움과 깨달음을 얻게 해 준 고마운 어른과 같은 존재였던 사실을 부지불식간에 시인의 감성으로 느꼈기 때문이다. 무쇠 솥은 밥을 잘 뜸들여 사람에게 제공한 후에도 "검게 입을 다물고" "제 속의 뜨거움을 미련스럽도록 견디"는 것으로써 가볍게 "흔들리는 일상의 중심을 꽉 눌러"주는, 마치 어른이나 스승 같은 존재로 보인다. 이렇게 눈에 뜨이지 않는 사물에서도 시인은 세상의 이치와 삶의 의미를 읽고 있다.

4. 죽음의 긴 순간을 기억하며

인간은 현재를 살면서 지나가서 없는 과거를 추억하고, 아직 오지 않는 미래를 기대하면서 우려하고 있다. 언젠가 자신에게 닥쳐올 죽음을 애써 외면하거나 잊으려고 한다. 공자는 삶도 아직 모르는데 어찌 죽음을 알겠느냐(未知生焉知死)고 했지만, 진정한 의미에서 자신의 삶을 각성하는 일은 언젠가 닥쳐올 죽음을 바라보는 일에서 시작된다. 자신을 깨우는 가장 큰 수행은 메멘토모리, 끊임없이 자신의 죽음을 기억하는 일이 아닌가? 인간은 누구나 그의 가장 근본적인 문제 즉 자신에게 닥칠 죽음이라는 거대한 심연을 피할 수 없다. 죽음은 미래의 문제가 아니라 바로 현재의 삶의 방향을 설정하고 내용을 통제하는 무상명령이고, 잠깐 망각하거나 외면할 수는 있을는지 모르지만 전혀 피할 수 없는 한계상황이다. 달리 말하면 죽음은 미래의 특정한 시간에 일어나는 특정한 사건이 아니라 지금 살아있는 자신을 깊게 들여다볼 수 있게 하는 바로 현재라는 시간 속에 들어있는 '긴 순간'이다.

쿵, 드러누운 그늘이 깊다

비로소 흘리는
눈물
큰 덩치를 울려 나오는
일생의 울음

사막이 다 젖었다

모두 떠나고
제 그림자 앞에서
천천히 몸을 벗는 낙타

긴 차양으로도 가릴 수 없는
슬픔이
우두커니 둘러쳐져 있다

산 날보다
죽은 날을 더 오래 살고 있는
흰 뼈들

남은 빛 사라지고
그림자도 지워지고

죽음의 긴 순간을
사막의 속눈썹이
가만히 덮어준다
— 「긴 순간」 전문

　시인은 사막에서 홀로 죽어가는 낙타의 이미지를 통해서 죽음을 진술하고 있다. 살아있는 자에게 죽음은 자신의 몸을 지탱하지 못하고 "쿵, 드러누운 그늘"이다. 유일하고 귀중한 자신의 삶이 종말을 맞는다는 것은 가장 두렵고 무거운 비극이다. 죽음의 시간은 무엇으로도 대신할 수 없는 가장 "긴 순간"이고, 그래서 사막이 다 젖도록 눈물을 흘리면서 "제 그림자 앞에서／ 천천히 몸을 벗는" 것이다. 시인은 낙타가 죽는 광경을 빌려서 죽음의 시간을 노래한다. 낙타의 죽음은 "긴 차양으로도 가릴 수 없는／ 슬픔이／ 우두커니 둘러쳐져" 있는 가운데 "산 날보다／ 죽은 날을 더 오래 살고 있는／ 흰 뼈들"이라는 흔적으로 남는데, 석양의 남은 빛이 사라지면 그림자도 지워지고 "죽음의 긴 순간을／ 사막의 속눈썹이／ 가만히 덮어준다"는 것이다. 그렇게 시적으로 묘사된 낙타의 죽음은 다름 아닌 우리들 자신의 죽음의 모습이다. 낙타에게 사막처럼, 인간에게 세계는 자발적으로 선택한 장소가 아니라 생래적으로 던져져 있는 숙명의 공간이다. 그리하여 인간이 시간 바깥(죽음)으로 나가면 "죽음의 긴 순간을/ 사막의 속눈썹이/ 가만히 덮어"주듯이, 마침내 無의 손길에 덮여 사라지는 것이다. 인간은 늘 그것을 기억하면서 현재를 살아가야 한다.

죽음이 긴 순간이라면 삶은 짧은 시간이다. 삶을 형상화해 본다면 마치 한 마리의 거미처럼 "어두운 구석이/ 꼬물꼬물/ 깨어"나서 자신의 몸에서 실을 뽑아내어 공중에 집을 짓고 없는 듯 혼처럼 살다가 가는 것 같기도 하다. 어디서 와서 어디로 가는지 알 수 없는 존재, 까닭도 모르고 깨어나 "후 불면 쓰러질 집에/ 후 불면 날아갈 몸"으로 "없는 듯/ 혼처럼/ 살다"(「거미」) 가는 것이 인생이라면, 현재의 삶 너머는 어떤 것인지가 가장 크고 절실한 의문일 수밖에 없다. 그러나 그것은 알 수 없는 것이어서 시인은 다만 삶의 껍질, 삶이 빠져나간 "거푸집"을 바라본다. 거푸집이란 만들고자 하는 물건의 모양 그대로 속을 비워 만든 틀이다. 쇳물이나 금속을 녹여 거푸집에 부어 식히면 의도했던 물건이 되어 나오는데, 시인은 그것을 꺼내고 난 거푸집을 생명이 빠져나가고 남은 주검에 비유하여 노래한다.

풀잎 끝에 잠자리가 매달려 있다
자세히 보니 속이 텅 비었다
벗어 놓은 한 겹 허물
잠자리이기도 하고 아니기도 한 허물이
혼을 보내고 난 그날의 당신 같다

무無로 꽉 찬 거푸집이 되어

　　한 자세로 붙박여 있던 당신처럼

　　풀잎에 붙박인 잠자리

　　두 번 다시 입을 리 없는데

　　그 자리 꼼짝하지 않는다

　　천 년을 그대로 기다릴 듯하다

　　돌아오지 않는 혼을 기다리며

　　당신도 아직 거기 있는가

　　어둠 끝에 별이 반짝거린다

　　　―「거푸집」 전문

　여기서 거푸집은 풀잎 끝에 매달린 죽은 잠자리가 아직 살았을 때 벗어놓은 한 겹 허물이다. 시인은 그 잠자리의 허물을 "무로 꽉 찬 거푸집이 되어/ 한 자세로 붙박혀 있던 당신처럼 풀잎에 붙박힌 잠자리"라고 한다. 생명이 떠나간 주검은 無로 꽉 찬 거푸집일 뿐, 다시 입을 수 없는 옷처럼 몸의 형상으로 혼을 기다려도 한 번 떠나간 생명은 다시 오지 않는다. 아니, 이미 無로 가득 차 있기 때문에 다시 돌아올 자리가 없다. 없음無이 가득 찬 있음有이라는 모순어법, 그렇게밖에 표현할 수 없는 죽음이란 결국 인간의 사유로는 도달할 수 없다. 그러나 이 때 시인은 그 거푸집 너머 어둠 속에서 "별이 반짝거"리는 것을 본다. 그리고 그것을 살아 있는 별과 죽은 잠자리의 상응으로 읽는다. 그러면 삶과 죽음은 서로 "스미고 흘러들어 구별 없는 세계가/ 한 순간 활짝 열렸다 닫"(「코스모스와 뱀」)히는 미토스가 된다.

　삶에서 죽음으로 넘어가는 고갯길은 매우 힘들고 두려

운 고통의 순간이다. 그러나 삶이라는 시간을 벗고 죽음이라는 영원을 입는 것을 시인은 삶이 지니고 있는 "세상을 건너가는 힘"이고 두 번 다시 경험할 수 없는 "저무는 힘"이라고 노래한다.

> 사루비아 지고
> 하늘 서쪽이 붉다
>
> 저물면서 환해지는 한 순간이
> 세상을 건너가는 힘이라고 생각한다
>
> 흔들어도 상하지 않는
> 진공 속의 풍경들이 바스락거린다
>
> 해는 지고
> 사루비아 진자리 붉다
> ─「저무는 힘」 전문

해가 질 무렵 서쪽하늘에 붉게 타오르는 저녁놀처럼 마지막으로 드리는 장엄한 미사 같은 두렵고 신비한 생의 종말 그것이 죽음이다. 날이 저물어 어두워질 때 놀빛 때문에 오히려 "환해지는 한 순간"이 있다. 그것은 시간(삶)의 어둠이 영원(죽음)의 밝음으로 나가는 순간으로서 "세상을 건너가는 힘"인 것이다. 세상은 삶의 장소인데 그곳을 건너간다는 것은 세상의 바깥으로 나간다는 의미로서 그 마지막 행보를 집행하는 힘power이 다름 아닌 죽음이라는 것이다.

5. 꽃그늘 아래 잠든 당신을 보며

시인에게 아버지는 "식물도 동물도 자식도 한통속으로" 키우면서 포도나무의 마디처럼 사람도 늘 마디를 조심해야 한다고 이르던 분이었다. 포도나무 가지는 쇠심줄처럼 드세지만 포도송이를 손으로 딸 때는 마디를 찾아 꺾어야 그 "마디는 쉽게 톡 부러져 포도송이도 나무도 상하지 않는다"고 가르쳐주던 아버지, 그렇지만 그 자신은 "마디마디 안 아픈 마디가 없었"고 "버럭 소리부터 지르던 성미"도 그대로 갖고 있던 분이었는데 마침내 "어느 마디에서" 꺾이고 말았다. 그런 아버지가 가신 후 시인이 "포도송이를 꺾을 때면 일생 아버지 마디를 내가 꺾었다는 생각이 자꾸 들었다"(「포도송이를 손으로 딸 때」)면서 생전에 나무 한 그루 베어내는 일도 마치 신성한 제의를 집행하는 듯 했던 아버지를 회상한다.

> 늙은 살구나무를 밤에 벴다
> 번쩍이는 톱날이 보이지 않게
> 모두가 잠든 밤에 톱질을 했다
> 달빛에 걸려 톱이 휘청거렸다
> 빛이 휘는 소리가 났다
> 어둠이 습자지처럼 떨렸다
> 톱날이 나무의 속을 다 통과해 나올 때까지
> 얼마나 마음을 오그리고 있었는지
> 아버지 굽은 등이 한 자나 더 굽어 보였다
> 나무가 희미하게 살구 향을 풍겼다
> 잘린 나무 앞에서 아버지는 두 번 절을 했다
> ─「톱날이 보이지 않게」 전문

어느 날 밤 아버지가 늙은 살구나무를 베어내는 장면이다. 늙은 과수를 베어내는 일은 농부에게는 예삿일인데 구태여 아버지는 어두워서 잘 보이지 않는 밤에 나무를 벤다. 모두가 잠든 밤에 남이 모르게 나무를 베는 것은 뭔가 미안하고 죄스럽기 때문이다. "달빛에 톱이 휘청"거리고 "빛이 휘는 소리"가 나고 "어둠이 습자지처럼 떨려"보여서 아버지가 나무 베는 장면을 바라보는 시인의 마음이 오그라든다. 그때 아버지의 등은 한 자나 더 굽어보이고 잘려나가는 나무에서는 살구향이 난다. 톱질을 마치고 "잘린 나무 앞에서 아버지는 두 번 절을" 한다. 두 번 절하는 것再拜은 죽은 자에 대한 예법이다. 베어진 늙은 살구나무는 죽은 자가 되었으므로 아버지는 예를 갖추어 두 번 절을 했을 것이다. 그야말로 "식물도 동물도 자식도 한통속으로" 키우던 아버지가 자연을 대하는 마음자세를 단적으로 보여주는 장면이다. 생전에 포도밭에서 어린 시인에게 마디를 조심하라고 하면서 마음에 들지 않으면 "버럭 소리부터 지르던" 아버지, 그가 죽은 후 시인에게는 모든 것이 텅 비어서 "큰 적막"이 된다.

이제 텅 비었다

저 큰 적막

푸른 이파리
빼곡히 온 밭을 뒤덮는다 해도
메울 수 없는

39킬로그램의 노구
형편없이 쪼그라진 일생이
쑥 뽑혀져 나갔다

비틀린 포도나무
바로 세우던 지지대처럼
평생 힘주었던 몸

낡은 목장갑 두 짝과
외발 리어카가
멀리 움직이는 듯 보였다

당신 몫의 햇살과 바람
사라진 밭에서
잉잉 거리는 철사 줄

포도밭이 울었다
— 「포도밭이 울었다」 전문

    시인에게 아버지의 죽음은 그 자체가 텅 빔이고 큰 적막
이었다. 포도밭이 온 세상이었던 아버지는 "비틀린 포도나
무/ 바로 세우던 지지대처럼/ 평생 힘주었던 몸"이 "39킬
로그램의 노구"로 변해서 마침내는 "형편없이 쪼그라진 일
생이/ 쑥 뽑혀져" 나갔다. 아버지가 남긴 것은 "낡은 목장
갑 두 짝과/ 외발 리어카"뿐이었고, 포도넝쿨을 붙들어주
던 철사 줄이 바람에 잉잉거리는 소리에 "포도밭이" 울었

다. 포도밭의 울음은 "푸른 이파리/ 빼곡히 온 밭을 뒤덮는다 해도/ 메울 수 없는" 아버지의 부재로 인한 "저 큰 적막" 때문이고, 생전에 아버지 몫의 햇살과 바람이 사라진 밭에서 철사줄이 잉잉거리는 소리가 아버지의 죽음을 슬퍼하는 한 세계의 울음으로 시인에게 사무쳐오는 것이다.

그리고 어머니의 경우 역시 시인에게는 안타깝고 슬픈 판화처럼 가슴에 남아있다. 어린 시절 매일 아침마다 "젓가락처럼 가는" 몸으로 "무거운 무쇠 솥/ 바닥을 긁"어서 "납작한 밥의 바닥"인 누룽지를 "동그랗게 뭉쳐"서 "해 받아라 해"라면서 자녀들의 "입에 넣어주셨"(「해를 뭉쳐」)던 인정과 사랑의 어머니였다. 그 어머니가 평생 포도나무의 지지대처럼 정정하던 아버지 가신 후 "아버지 병수발/ 삼년 만에/ 정신 줄을"(「줄」) 놓고 만다.

어머니는
소주 한 병
다 들이키고
혼절했다

사약 같았던
세월을
수십 병
들이키고도
끄떡없었는데

아버지 병수발

삼년 만에
정신 줄을 놓았다

오도 가도 못한
몸부림이
머리맡에
빈병으로 뒹굴었다

캄캄하기는
이 세상이나 저 세상이나
질기기는
인연 줄이나 목숨 줄이나

어머니 한탄을 링거 줄에
붙들어 맸다
똑 똑 똑
떨어지는 수액이
아직
꽉 잠그지 않은
생 같았다
— 「줄」 전문

　우리 농촌 여인네 삶이 그랬듯이 어머니의 삶은 평생 남
편과 자식을 위한 희생과 헌신으로 일관된 것이었다. 이른
새벽부터 늦은 밤까지 밭일과 집안일로 쉴 새 없이 사시사
철 바쁘게 살던 어머니, "사약 같았던/ 세월을/ 수십 병/ 들

이키고도/ 끄떡없었"던 어머니가 소주 한 병 들이키고 혼절한 것은 오랜 세월 누적돼 온 힘겨운 삶의 무게에 더하여 남편의 병수발에 정신줄을 놓친 때문이었다. 그래서 "오도 가도 못한" 삶이 몸부림처럼 "머리맡에 빈병으로" 뒹굴었던 어머니에게 "캄캄하기는/ 이 세상이나 저 세상이나" 마찬가지였고, "질기기는/ 인연 줄이나 목숨 줄이나" 다름이 없었다. 시인은 그런 힘든 시간이 "어머니의 한탄을 링거 줄에" 매달게 했고, 링거 줄을 통해 "떨어지는 수액이" 마치 "잠그지 않은 생 같았다"고 술회한다.

자고 나면
여기가 어딘지
당신은 묻는다

꿈속의 정신이
꿈밖의 몸을
미처 따라오지 못해

상사화처럼
꽃 따로 잎 따로
세상을 내민다

서로 어긋나는
간극에
아픈데 없이
무너져 내렸다

정신없다는 말의 공포를
살고 있는 당신
이제 당신이
아닌 채 당신을
묻는다

아무리 흔들어도
없는 정신이
방에서 방을 찾고
집에서 길을 잃는다

점 점 휘발되는 생
이 슬픔을 떠받칠
지렛대가 없다
　　—「길을 잃는 날들」 전문

　"자고 나면/ 여기가 어딘지" 어머니는 묻는다. "꿈속의
정신이/ 꿈밖의 몸을/ 미처 따라오지 못"한 까닭이다. 눈
앞의 현실과 마음속 풍경과 다르게 보여 마치 꽃 따로 잎 따
로 피어나는 상사화처럼 몸의 시간과 정신의 그것이 어긋
나 있다. 그렇게 "서로 어긋나는/ 간극에/ 아픈데 없이/ 무
너져 내"리는 정신으로 "방에서 방을 찾고/ 집에서 길을 잃
는" 모습을 지켜보면서 시인은 "점 점 휘발되는 생/ 이 슬픔
을 떠받칠/ 지렛대가 없"(「길을 잃는 날들」)음을 절감한다.

　당신은 거기에서 웃고

나는 여기에서 웁니다

그곳은 봄날 오후
이곳은 겨울 저녁

한 방에 마주 앉아
서로 다른 계절에 있는
이상한 날

그해 봄 여든이 넘은 당신을 라일락 활짝 핀 꽃그늘 아래
세워 두고 카메라 셔터를 팡 팡 눌렀지요
　연신 볕에 탄 주름이 주글주글 웃었지요 손사래 치며 당
신은 눈부시다 했지요
　세상 모든 것이 눈부셔 눈을 뜰 수 없다 했지요 봄이 가
고 겨울 당신은 정말 눈을 뜨지 않았습니다
　그날의 당신이 흰 국화에 둘러싸여 웃고 있습니다

꽃그늘 아래 당신을 처음 찍은 사진이
마지막 사진이 되어 버린 날

당신은 밤처럼 환하고
나는 낮처럼 어둡습니다

그날의 기쁨을 찾아
오늘의 슬픔으로 걸어 두는 일

그런 세상을 이제 당신은
물끄러미 내려다보기만 합니다

흰 국화향이
당신의 입김에 이리저리 휩니다
— 「꽃그늘 아래 잠든 당신」 전문

　어머니의 영정사진을 보면서 생전의 마지막 사진을 찍던
날의 장면을 회상하는 장면이다. 돌아가신 어머니인 "당신
은 거기에서 웃고／ 나는 여기에서 울고" 있다. 사진 속 어머
니가 있는 "그곳은 봄날 오후"이고 내가 앉아있는 "이곳은
겨울 저녁"이다. 사진을 통해서 지금 마주 보고 있지만 삶
의 이곳과 죽음의 그곳이라는 넘을 수 없는 경계를 사이에
두고 있다. "그해 봄 여든이 넘은 당신을 라일락 활짝 핀 꽃
그늘 아래 세워 두고 카메라 셔터를 팡 팡 눌렀"을 때 손사
래 치고 눈부시다며, "세상 모든 것이 눈부셔 눈을 뜰 수 없
다" 하더니 그해 "봄이 가고 겨울 당신은 정말 눈을 뜨지 않
았"고 지금은 "그날의 당신이 흰 국화에 둘러싸여 웃고" 있
는데 이제는 마지막 사진이 되어버린 그 속에서 "당신은 밤
처럼 환하고／ 나는 낮처럼 어둡"다는 것이다. 그리고 이제
흰 국화향이 이리저리 휘고 있는데, 영정사진 속에서 당신
은 물끄러미 내려다보기만 한다. 사진 속에서 웃고 있는 어
머니가 "밤처럼 환하고" 사진 바깥에서 울고 있는 내가 "낮
처럼 어둡"다는 것은 시인에게 밤의 어둠과 낮의 밝음이 전
도된 느낌이라는 뜻이다. 그렇게 사실과 느낌이 어긋나 있
는 어머니의 죽음을 회상하면서 시인은 가까워서 오히려

먼 거리를 느낀다.

　그러나 생각해보면 죽음이야말로 누구에게나 닥쳐오는, 회피할 수도 돌파할 수도 없는 한계상황이다. 그것은 언젠가 마주치게 될 미래의 문제가 아니라 지금 이 순간의 삶 속에 깃들어 있는 것, 그래서 릴케(말테의 수기)는 열매 속에 씨가 들어있듯이 아이들은 작은 죽음, 어른들은 커다란 죽음을 갖고 있고 심지어 임산부의 뱃속에는 생명과 동시에 죽음이 자라고 있다고 말한다. 말하자면 죽음과 삶은 서로 대립하는 양극성Polarität이 아니라 공존하고 친화하는 상응 Correspondence관계라는 것이다. 이때 공감과 상응의 핵심은 섬세의 정신 즉 감성이다. 감성이야말로 존재를 들어 올리는 힘이다. 괴테도 파우스트에서 감성이 전부Gefühl ist alles라고 하지 않았던가.

　앞에서 몇 군데 짚어본 것처럼 전영숙 시인은 섬세한 감성으로 여린 생명을 보듬고 죽음의 그늘을 살피면서 사물들 간의 소통과 상응을 조용히 노래하고 있다.

전영숙

전영숙 시인은 경북 김천에서 출생했고, 2019년 『시인시대』로 등단했으며, 현재 "물빛 동인"으로 활동하고 있다.

신자유주의의 탐욕의 시대, 전영숙 시인의 첫 번째 시집인 『나팔꽃이 입을 다무는 때』의 표제시에서는 "죽은 당신이/ 전화를 걸어 대뜸/ 오후 세시라고 한다." 오후 3시는 중년의 시간이며, 크나큰 꿈과 희망을 위하여 '역발산기개세力拔山氣蓋世'로 정진을 해야 하지만, 그러나 그는 크나큰 상실감과 무력감 속에서 너무나도 완벽한 고독과 소외를 앓는다. 사랑하는 그는 너무나도 일찍이 저 세상으로 떠나갔고, 그는 "꽃 시절 다 보낸 나무"같이 그 고독과 소외감 속에서 울부짖는다. 무엇을 해야 하고, 무슨 꿈과 희망을 가져야 하며, 도대체 그 어디로 가야 한단 말인가? 이 세상에 없는 당신이 근심하는 "나팔꽃이 입을 다무는 때", 오후 3시, 기생충같은 잉여인간들이 그토록 무섭게 몸부림 치는 시간 —.

이메일: heavenlee1@hanmail.net

전영숙 시집
나팔꽃이 입을 다무는 때

발   행   2022년 6월 12일
지 은 이   전영숙
펴 낸 이   반송림
편집디자인 반송림
펴 낸 곳 도서출판 지혜
주   소 34624 대전광역시 동구 태전로 57, 2층 도서출판 지혜(삼성동)
전   화 042-625-1140
팩   스 042-627-1140
전자우편 ejisarang@hanmail.net
애지카페 cafe.daum.net/ejiliterature

ISBN : 979-11-5728-477-1 03810
값 10,000원

대구문화재단 Daegu Foundation for Culture   DAEGU | 대구광역시 DAEGU METROPOLITAN CITY

* 본 사업은 2022 대구문화재단 문학작품집발간지원입니다.